RÉPONSE

AU DISCOURS

PRONONCÉ,

DANS LA CHAMBRE DES PAIRS,

PAR M. DE LALLI-TOLENDAL,

Sur la responsabilité des Ministres ;

Par M. César-Guillaume DE LA LUZERNE,
ancien Évêque de Langres.

PARIS,
A. ÉGRON, IMPRIMEUR
DE S. A. R. MONSEIGNEUR DUC D'ANGOULÊME,
rue des Noyers, n° 37.
1817.

RÉPONSE

Au Discours prononcé, dans la Chambre des Pairs, par M. de Lalli-Tollendal, sur la responsabilité des Ministres; par M. César-Guillaume DE LA LUZERNE, *ancien Evêque de Langres.*

LES développemens présentés par M. de Lalli, relativement à sa proposition sur la responsabilité des Ministres, n'ont point ébranlé, malgré l'éloquence dont il les a ornés, l'opinion que j'ai produite, l'année dernière, dans deux écrits sur le même sujet. J'espère qu'il ne trouvera pas mauvais que je la défende (1).

La véritable responsabilité des Ministres est celle qu'établit la Constitution actuelle du royaume. Il est donc nécessaire, pour juger en quoi elle consiste, d'examiner quelle est cette Constitution, et de la tirer, non pas d'exemples étrangers, non pas de systèmes sur ce qui est avanta-

---

(1) Je préviens que je répéterai souvent, dans cet écrit, ce que j'ai dit dans mes précédens écrits, et quelquefois dans les mêmes termes. Je ne crois pas que ce soit là un plagiat.

geux ou nuisible, non pas de l'esprit que l'on attribue à la Charte, mais des termes précis de cette Charte que le Roi a donnée à son peuple, et à laquelle nous avons tous juré soumission.

Les gouvernemens sont formés, et les peuples sont régis par trois sortes de pouvoirs : le pouvoir législatif, le pouvoir exécutif, autrement dit administratif, et le pouvoir judiciaire. C'est l'organisation, la distinction, la coordination de ces pouvoirs, qui forment ce qu'on appelle la Constitution d'un Etat.

Or, selon la Charte :

Le pouvoir législatif est composé du Roi et des deux Chambres, qu'il s'est associées à cet effet. L'article XV est ainsi conçu : *La puissance législative s'exerce collectivement par le Roi, la Chambre des Pairs, et la Chambre des Députés des départemens.*

Le pouvoir exécutif appartient entièrement et uniquement au Roi. L'article XIII porte : *Au Roi seul appartient la puissance exécutive.*

Le pouvoir judiciaire est confié à des tribunaux, dont les membres, institués par le Roi, sont inamovibles. On lit aux articles LVII et LVIII : *Toute justice émane du Roi. Elle est administrée par des juges qu'il nomme, et qu'il institue. Les juges nommés par le Roi sont inamovibles.*

De ces dispositions de la Charte résultent, relativement à chacun des pouvoirs, les conséquences suivantes :

Par rapport au pouvoir législatif, le Roi s'est ôté le droit de dicter seul les lois. Il s'est soumis volontairement à n'exercer ce pouvoir que conjointement avec les deux Chambres, et avec leur assentiment. Dans cette disposition est comprise la loi de l'impôt, laquelle fait partie de la législation. La Charte d'ailleurs l'y comprend formellement; l'article XLVIII porte: *Aucun impôt ne peut être établi ni perçu s'il n'a été consenti par les deux Chambres et sanctionné par le Roi.* A cet égard il n'y a aucune difficulté. Je reconnais même que sur ce qui concerne la législation et l'impôt, les Chambres ont droit d'exiger des Ministres tous les éclaircissemens et toutes les pièces qui y sont relatives et que les Ministres doivent les leur communiquer. Devant délibérer sur ces objets, il est juste et nécessaire qu'elles connaissent à fond et les objets et les motifs de leurs délibérations.

Il n'y a pas non plus de difficulté sur ce qui concerne le pouvoir judiciaire. Le Roi s'est dessaisi du droit qu'exerçaient ses prédécesseurs, d'évoquer à eux et à leur conseil les causes de leurs sujets. Il a déclaré, au contraire, article LXII, que *nul ne peut être distrait de ses juges naturels.*

Mais le point de la difficulté est le pouvoir exécutif ou administratif. Je prétends que, le Roi ne s'en étant point dépouillé comme du pouvoir judiciaire, ne l'ayant point partagé avec les Chambres, comme le pouvoir législatif, mais se l'étant exclusivement réservé, les Chambres n'ont pas le droit de se mêler de l'administration, sauf les cas de trahison et de concussion, sur lesquels la Charte établit une exception. M. de Lalli prétend au contraire que les agens de l'administration doivent rendre compte aux Chambres de tous les actes de l'administration ; tel est entre nous le point précis de la question.

Si les Chambres ont, comme le croit M. de Lalli, le droit de faire rendre compte aux Ministres de tous les actes de l'administration, c'est de la Charte qu'elles le tirent, puisque c'est la Charte qui leur a donné l'existence et toutes leurs attributions : or, je prétends que non-seulement la Charte n'établit nullement cette responsabilité des Ministres aux Chambres sur tous les actes de l'administration, mais que le texte clair et précis de la Charte en repousse positivement l'idée.

Il n'y a dans la Charte que trois articles relatifs à la responsabilité des Ministres : ce sont les articles XIII, LV et LVI.

Je commence par examiner l'article XIII ; il est ainsi conçu : *La personne du Roi est inviolable et sacrée. Ses Ministres sont responsables. Au Roi seul appartient la puissance exécutive.* M. de Lalli argumente les deux premières phrases de cet article. Je répondrai incessamment à son raisonnement sur ce point : dans ce moment je considère ce qui résulte de la troisième partie de l'article.

La puissance exécutive appartient au Roi *seul:* elle lui appartient donc toute entière et sans partage, et il n'en appartient aucune partie à aucun autre. Aucun autre n'a donc droit de s'y immiscer sans sa permission. Elle appartient au Roi *seul :* le Roi *seul* a donc droit de connaître la manière dont il lui plaît de l'exercer, de juger la manière dont l'exercent, d'après ses ordres, ceux qu'il en charge. Vouloir séparer de la puissance l'exercice de la puissance, est une illusion ; car, toute puissance consiste dans le droit de l'exercer. Reconnaître qu'au Roi appartient exclusivement à toute autre autorité la puissance exécutive, et prétendre qu'une autre autorité a droit d'en connaître, d'en discuter, d'en juger les actes, est une contradiction manifeste.

La Charte, réservant exclusivement au Roi toute l'administration de son royaume, exclut, par cela même, les Chambres de toute participation, de toute influence dans cette administration.

Mais j'ajoute qu'elle a dû les en exclure. Oui ; ce fut un trait de la haute sagesse du royal auteur de la Charte, qu'en associant à sa puissance législative deux Chambres, il se réservât entièrement et sans partage son pouvoir exécutif. La législation ne doit se former qu'avec une lente maturité. Il n'y a aucun inconvénient, il y a même toute sorte d'avantages à ce qu'elle passe successivement par la filière de plusieurs examens avant d'arriver à son complément. L'administration, au contraire, exige une marche décidée, forte, rapide : elle l'exige surtout dans un royaume comme la France. Elle ne doit donc pas être entravée par l'examen, la discussion, le contrôle, la condamnation de ses opérations par les Chambres. Elle ne doit pas même l'être par la crainte qu'auraient les Ministres d'éprouver la contradiction des Chambres ; et il n'y a, pour la délivrer de ces inconvéniens essentiels, que celui employé par la

Charte, de rendre l'administration du Roi absolument étrangère aux Chambres.

La comparaison que l'on établit fréquemment, et que M. de Lalli rappelle plusieurs fois dans son discours entre l'Angleterre et la France, ne doit être en cela d'aucun poids. Que l'on prenne dans la législation civile, criminelle, commerciale, financière de l'Angleterre, ou même de tout autre pays, des exemples, cela est tout simple : ces sortes de lois peuvent être à peu près les mêmes dans les divers Etats ; mais la loi constitutionnelle dépend absolument des circonstances particulières à chaque Etat. Elle en dépend tellement, qu'on trouverait difficilement deux constitutions semblables dans deux Etats ; parce qu'il y a peu d'Etats qui soient entièrement dans les mêmes circonstances. Or, il n'y a peut-être point d'Etats qui se trouvent dans des circonstances plus différentes que la France et l'Angleterre.

Différence de situation entre une île et un état continental,

Différence d'étendue et de population,

Différence dans la nature des forces,

Différence dans les relations étrangères,

Différence dans le caractère, les mœurs et les habitudes des deux peuples.

Une seule de ces différences suffirait pour en mettre nécessairement entre la constitution, et spécialement entre la partie administrative de la constitution des deux peuples : excellente pour l'Angleterre, l'administration de ce pays ne serait pas assez active, assez forte pour la France.

Il reste donc certain que le Roi, par sa Charte,

s'est maintenu, et a fait très-sagement de se maintenir dans toute la puissance exécutive dont il était héréditairement en possession avant la Charte. Reconnaissans des sacrifices qu'il nous a faits d'autres portions de son autorité, ne cherchons pas à en arracher à son cœur de plus étendus, et surtout gardons-nous de lui en demander qui tourneraient à notre propre ruine, comme à la sienne.

Je passe maintenant à l'argument que M. de Lalli a tiré de cet article XIII en faveur de son système.

Il consiste à faire découler la responsabilité universelle des ministres de l'inviolabilité du Roi. « La conséquence directe (dit-il) qui naît de ce « triple axiôme, c'est qu'on doit voir dans la res- « ponsabilité ministérielle, je ne dirai pas la con- « dition, mais le résultat nécessaire de l'inviola- « bilité royale, et que les ministres sont respon- « sables de tous les actes officiels du pouvoir « exécutif, de tous les actes du Gouvernement « (p. 7).... Pour que celui qui doit rester tou- « jours souverain ne puisse, dans aucun cas, deve- « nir responsable, il faut que ses ministres le « soient dans tout ce qui intéresse la propriété, « la liberté, la sûreté des sujets. » (P. 15).

Si la responsabilité ministérielle est la conséquence directe et le résultat nécessaire de l'inviolabilité royale, il ne peut donc pas y avoir d'inviolabilité royale sans responsabilité ministérielle. Je ne crois pas que M. de Lalli admette ce principe : je suis persuadé qu'il ne croit pas que c'est la Charte qui a conféré au Roi l'inviolabilité, et que dans les douze siècles de la monarchie, où il n'était point question de responsabilité des ministres, la personne de nos Rois n'était point inviolable. Pour raisonner conséquemment, il faut de deux choses l'une, ou qu'il reconnaisse que la responsabilité universelle des ministres n'est pas la conséquence, le résultat nécessaire de l'inviolabilité du Roi, ou qu'il soutienne que, tant que les ministres n'ont pas été responsables, nos Rois n'ont pas été inviolables.

Ferait-on sur cela un autre raisonnement que celui de M. de Lalli? Dirait-on que ce n'est pas précisément l'essence de la chose qui fait découler la responsabilité universelle des ministres, mais que c'est la Charte qui déduit la responsabilité de l'inviolabilité ? Je demanderai que l'on trouve donc dans la Charte cette déduction. Dire *le Roi est inviolable*, *les ministres sont responsables*, n'est pas dire les ministres sont responsables parce que le Roi est inviolable : beaucoup moins est-ce dire que les ministres sont responsables aux Chambres, et qu'ils le sont de toute l'administration. Il n'est pas raisonnable, pour fonder ses systèmes, de changer les expressions de la Charte ; il ne l'est pas davantage de les étendre à des choses dont la Charte ne parle point.

On a fait, sur l'article XIII de la Charte, une autre difficulté que je dois ne pas passer sous silence. On a dit : *Cette proposition*, *les ministres sont responsables*, *est universelle et absolue*; elle n'admet point d'exception ; elle l'exclut même formellement : *Ubi lex non distinguit*, *nec nos distinguere debemus*.

J'observe d'abord que, même en admettant tout ce raisonnement, on peut seulement en conclure que les ministres sont responsables de toute l'administration qui leur est confiée ; mais qu'il n'en résulte nullement qu'ils le sont aux Chambres, puisque dans l'article il n'est fait aucune mention des Chambres.

Je réponds ensuite que cette objection pèche par le principe, et qu'il n'est pas vrai que la proposition dont il s'agit soit universelle. Pour le sentir, remontons aux principes de la logique. Outre la proposition universelle qui comprend la totalité des objets qu'elle énonce, et la proposition particulière qui est restreinte à un seul objet, il y a un troisième genre de proposition intermédiaire entre les deux autres : c'est la proposition indéfinie, laquelle ne spécifie précisément ni quels sont les objets dont elle parle, ni quel est leur nombre. Une propriété de la proposition indéfinie, est qu'elle reste vraie, soit qu'elle s'étende à l'universalité de ses objets, soit qu'elle s'applique seulement à quelques-uns, soit qu'on la restreigne à un seul. C'est à ce caractère qu'on la distingue de la proposition universelle et de la proposition particulière. Je n'imagine pas que ces notions primaires, dont nous avons été instruits quand on nous enseignait la logique, soient aujourd'hui contestées.

Les appliquant à la proposition dont il s'agit, je dis qu'elle conserve sa vérité, quelque étendue que l'on donne au mot responsabilité, et quelle que soit l'autorité à laquelle on la rapporte. Il est vrai que les Ministres sont responsables;

s'ils le sont sur la totalité de leur gestion, ou s'ils le sont seulement sur quelques actes d'administration déterminés. Il est vrai qu'ils sont responsables, s'ils le sont seulement au Roi, ou seulement aux Chambres, ou tout à la fois au Roi et aux Chambres. La proposition, *les Ministres sont responsables*, est donc, non pas universelle, mais indéfinie : on ne peut pas en conclure ce qu'elle ne définit pas. Il est contre les lois du raisonnement d'inférer d'un principe également applicable à plusieurs cas, une conséquence pour un seul cas.

Il faudrait donc, pour conclure de cette proposition indéfinie, et qui ne fait pas mention des Chambres, la responsabilité aux Chambres pour l'universalité des actes ministériels, que quelque autre article de la Charte en fît l'application, et aux Chambres, et à la totalité des fonctions ministérielles : or, on n'en cite et l'on ne peut en citer aucun.

Au contraire, des textes précis de la Charte repoussent formellement cette idée ; ce sont tous ceux où il est fait mention de la responsabilité ministérielle : c'est-à-dire, les articles XIII, LV, et LVI. Après avoir dit indéfiniment : *les Ministres sont responsables*, l'article XIII ajoute immédiatement : *Au Roi seul appartient la puissance exécutive*, ce qui explique la proposition précédente, et applique exclusivement à la personne du Roi la responsabilité dont il vient d'être parlé. On affecte de réunir la proposition sur la responsabilité ministérielle à celle qui précède sur l'inviolabilité royale, pour y ajouter ce qui n'y est pas ; savoir : que c'est parce que le Roi est inviolable, que ses Ministres sont responsables, et on affecte de la séparer de la proposition suivante, qui, attribuant au Roi, et au Roi *seul*, toute l'administration, suppose incontestablement que c'est à lui seul que le compte de l'administration doit être rendu.

Ne pouvant pas nier que les Ministres sont responsables envers le Roi de toutes les fonctions qu'il leur confie, M. de Lalli dit *que les ministres sont tout à la fois responsables envers le roi, dont ils sont les serviteurs, et dont ils exercent l'autorité, envers la nation, dont ils régissent les destinées, et dont ils administrent les tributs* (p. 19).

Cette double responsabilité établit deux chefs dans une seule et même administration : ce qui est contre tous les principes d'une bonne administration ; et quand un acte administratif sera approuvé par le Roi, et condamné par les Chambres, quelle sera celle de ces deux autorités qui devra l'emporter, ou quelle troisième autorité s'élèvera au-dessus d'elles pour juger leurs décisions ?

Les articles LV et LVI établissent aussi positivement que les Ministres ne sont pas soumis envers les Chambres à une responsabilité universelle : ils les soumettent à l'accusation et au jugement des Chambres, dans les deux seuls cas de trahison et de concussion.

D'abord, de ce que c'est seulement sur deux genres de délit que la Charte soumet les Ministres à être accusés et jugés par les Chambres, la conséquence naturelle est qu'elle ne les y assujettît point sur tous leurs actes administratifs.

Il serait inutile et déraisonnable de spécifier deux seuls cas de responsabilité envers les Chambres, si elle était étendue à tous les cas.

Mais ensuite il y a bien plus.

Après avoir, par l'article LV, conféré à la Chambre des Députés le droit d'accuser les Ministres, et investi celle des Pairs du pouvoir de les juger, la Charte, dans l'article immédiatement suivant, et évidemment relatif au précédent, s'exprime ainsi : *Ils* (les Ministres) *ne peuvent être accusés que pour fait de trahison ou de concussion.* Toute autre accusation est, par ce texte clair, impérativement interdite aux Députés. Il eût été difficile d'employer une expression plus formellement restrictive.

Pour se soustraire à la preuve résultante contre son système de cet article clair et précis de la Charte, M. de Lalli distingue la responsabilité de l'accusation. « La responsabilité (dit-il) est un « caractère général, une situation permanente, « une condition qui est incessamment inhérente à « une fonction publique, qui naît avec elle, dure « autant qu'elle, et quelquefois même subsiste « encore après elle.

« L'accusation est un acte précis, attaché à un « fait, à un lieu, à un temps déterminé; elle naît « d'une circonstance instantanée, s'instruit par « une procédure immédiate, se termine par un « jugement définitif.

« La responsabilité peut n'amener autre chose « que des questions et des réponses, des ouvertu-

« res et des communications simples et inoffensi-
« ves, quelquefois même confidentielles, quel-
« quefois même amicales... L'accusation est hos-
« tile, aggressive, et nécessairement publique
« (page 6). »

Il est vrai que les mots, responsabilité et accusation présentent des idées distinctes; mais distinctes, non comme deux choses différentes, mais comme le principe et son effet, ou, pour parler plus exactement, comme le droit et l'exercice du droit. L'article XIII, qui porte que les Ministres sont responsables, est, et M. de Lalli le dit, le principe des articles LV et LVI qui établissent l'accusation et le jugement des Ministres par les Chambres. Ces articles sont donc l'application aux Chambres du droit de responsabilité établi en général par l'article XIII : ils définissent à cet égard ce que l'autre article avait laissé indéfini; mais en définissant ce que c'est que la responsabilité des Ministres envers les Chambres, ils la restreignent formellement aux deux seuls cas de trahison et de concussion.

Il est vrai encore que la responsabilité peut n'amener que des communications, des éclaircissemens; mais elle ne peut les amener, entre les Ministres et les Chambres, que sur les objets qui sont du ressort des Chambres. Ainsi, qu'elles demandent aux Ministres les explications dont elles ont besoin sur la législation et sur l'impôt: cela est juste, et est la conséquence de ce que la législation et l'impôt sont dans l'ordre de leurs attributions; que de plus, sur une dénonciation qui serait faite à la Chambre des Députés, d'un acte de trahison ou de concussion d'un Ministre, elles lui demandent des éclaircissemens pour savoir si elles doivent, ou ne doivent pas l'accuser: cela est encore conforme à la raison et à la prudence. Mais si, sur d'autres actes administratifs, qui ne tiennent ni à trahison, ni à concussion, les Chambres veulent faire aux Ministres des interrogations, et exiger d'eux des réponses, elles font ce que la Charte, non seulement ne leur permet pas, mais même leur interdit, en réservant au Roi *seul* la puissance exécutive, et en restreignant positivement leur droit relativement aux actes ministériels, aux seuls cas de trahison et de concussion.

Je demanderai ensuite quel serait l'objet de ces communications entre la Chambre des Députés et les Ministres, que M. de Lalli veut être les conséquences de la responsabilité ministérielle? Je suppose toujours qu'il s'agit d'actes d'administration qui ne tiennent ni à trahison, ni à concussion. Sans doute il ne s'agit pas de satisfaire une vaine curiosité, et il entend que ces ouvertures et ces conférences doivent avoir un effet quelconque. Or, quel sera cet effet, si les Ministres refusent de se prêter à des éclaircissemens, ou si la Chambre n'est pas contente de ceux qu'ils donneraient? Cette question, traitée en 1814 dans la Chambre des Députés d'alors, y fut résolue de différentes manières. Quelques orateurs voulurent que les Ministres fussent accusés devant la Chambre des Pairs, comme pour le cas de trahison et de concussion; d'autres opinèrent pour l'accusation devant la cour de cassation, ou une cour royale; d'autres proposèrent que les Ministres fussent dénoncés au Roi, pour être par lui destitués. Mais toutes ces formes sont des accusations, et, dans le fait, la Chambre des Députés ne peut former contre les Ministres que des accusations, puisqu'elle n'est pas juge. Or, de là résulte un raisonnement simple, et qui me paraît démonstratif, contre le système de la responsabilité universelle des Ministres aux Chambres.

Les Chambres ne peuvent soumettre à leur responsabilité les Ministres que par voie d'accusation: or, il leur est textuellement interdit d'intenter contre eux accusation, si non pour faits de trahison ou concussion. Donc elles ne peuvent soumettre à leur responsabilité les Ministres que sur ces deux genres de délits. Donc elles ne peuvent les assujettir sur tous les actes d'administration.

Je viens de discuter, d'après les textes clairs et précis de la Charte, le système qui assujettit à la responsabilité envers les Chambres les Ministres sur tous les actes de l'administration, et je crois avoir démontré, 1° que l'on a tort de vouloir fonder ce système sur la Charte; 2° qu'il est en contradiction formelle avec la Charte. M. de Lalli peut se persuader que son système est meilleur que celui de la Charte; mais je ne conçois pas comment il prétend que son système est celui de la Charte.

Je passe maintenant à examiner les autres raisonnemens par lesquels il soutient son opinion.

Le plus grave, le plus spécieux de tous, celui qui entraîne, dans le système de la responsabilité universelle, presque tous ceux qui en sont éblouis, c'est l'abus que peuvent faire, et que véritablement ont fait trop souvent les Ministres de leur pouvoir. Cet argument est d'autant plus imposant qu'il est fondé sur une vérité. On cite, et on étale avec emphase, mais avec vérité, tout ce que les ministres et même les rois ont commis d'abus et de vexations. Je conviens donc nettement et franchement, que le principe de l'argument est véritable. Mais je soutiens que la conséquence qu'on en tire est fausse. Je dis qu'inférer de la possibilité et du danger des abus de l'administration ministérielle, que les Chambres ont le droit d'inspecter, de contrôler, de juger tous les actes de cette administration, est une conclusion déraisonnable.

1° L'abus que peut commettre le dépositaire d'un pouvoir, n'est pas, dans un autre pouvoir, un titre de compétence pour se le soumettre. C'est la loi qui règle les compétences; et il n'est pas permis, sous prétexte de prévenir ou de réformer un abus, d'usurper une puissance que la loi ne donne pas. Les tribunaux aussi peuvent rendre de mauvais arrêts. S'en suit-il de là que les Chambres aient droit d'inspecter les jugemens des Cours ? Si elles n'ont pas ce pouvoir sur l'ordre judiciaire, que le Roi, par sa Charte, a confié à des tribunaux, de quel droit peuvent-elles le prétendre sur l'ordre administratif, que le Roi, par la même Charte, a textuellement réservé à lui *seul.*

2° Les raisonnemens tirés contre les lois de leurs inconvéniens, sont très-susceptibles d'erreur. Frappé de ces inconvéniens existans ou possibles d'une loi, on ne pense qu'à les supprimer, sans songer que le plus grave, le plus funeste, le plus dangereux des inconvéniens, est de s'écarter de la loi. Tous les abus que peut laisser subsister, que peut favoriser la loi, ne sont rien en comparaison des maux immenses qu'entraîne nécessairement la dérogation à la loi. Et quelle est la loi humaine qui puisse prévenir tous les abus qu'on en peut faire?

3° On ne pense pas non plus aux abus beaucoup plus graves qui résultent presque toujours de ce qu'on veut mettre à la place de la loi, et qui en résulteraient immanquablement dans l'espèce actuelle. Peut-on espérer que, dans le cours de cette monarchie, il ne viendra pas des jours où, dans l'une des Chambres, peut-être dans toutes deux, il se trouvera des factieux habiles en intrigues, puissans en paroles, qui, pour exciter des troubles, attaqueront l'administration dans ses points les plus essentiels? Peut-on espérer qu'il ne s'y rencontrera jamais des ambitieux qui, dans la vue de supplanter les ministres, ne cesseront de les tourmenter de leurs accusations?

4° Sans ces suppositions, qui sont plus que probables, de faction, d'intrigue, d'ambition, ne sait-on pas que les assemblées sont encore, plus que les particuliers, portées à agrandir leur pouvoir, et que les hommes les plus honnêtes sont sujets à être entraînés par le dangereux esprit de corps? Ignore-t-on que l'administration est l'objet le plus tentant pour l'amour-propre, pour l'ambition, pour la cupidité, même pour la bienfaisance, par les grâces qu'elle met à portée de distribuer?

5° Et les ministres eux-mêmes pourront-ils gérer leur administration avec l'indépendance, la force, la rapidité nécessaires, se sentant sans cesse exposés aux persécutions des factieux et des intrigans ; harcelés de leurs dénonciations, tourmentés de leurs accusations, et cela, souvent pour les actes les plus utiles, les plus justes, les plus nécessaires ; pour satisfaire des animosités ; pour assouvir des vengeances ; parce qu'ils auraient fait des refus équitables ; peut-être parce qu'ils auront déjoué de criminels projets ?

6° Enfin, comparons le mal que l'on veut réformer, avec le remède qu'on imagine d'y apporter. Jugeons la différence des abus que peuvent commettre, soit des Chambres, soit des Ministres, par le fait, et par un fait récent. Un seul des jours de la funeste extension du pouvoir d'une assemblée vient dans notre révolution d'enfanter plus d'horreurs, que toutes les années de lettres de cachet n'avaient produit de vexations.

Mais, et c'est ce que répètent tous ceux qui veulent soumettre, dans la personne des Ministres, l'administration du Roi aux Chambres, n'y a-t-il donc aucun remède aux abus d'autorité, à la violation des droits naturels et constitutionnels des citoyens ? Si cela est, voilà le despotisme établi en France, sous l'apparence d'une loi constitutionnelle !

Avant de répondre directement à cette objection, je dirai que, fût-il vrai qu'il n'y eût d'autre remède au risque des abus ministériels que le risque des abus des Chambres, il faudrait préférer le moindre au plus grand, et ne pas s'exposer à une révolution, pour n'avoir plus à craindre des vexations particulières.

Mais j'ajoute que, sans recourir, pour prévenir le danger des abus ministériels, à l'énorme danger de l'autorité administrative des Chambres, il peut y avoir, pour atteindre le même but, d'autres moyens efficaces et moins dangereux.

D'abord l'opinion publique en est un très-puissant dans ce Royaume. Dans les temps où l'autorité royale était très-absolue, on citerait bien peu de Ministres qui aient tenu long-temps en place contre l'opinion du public. Que sera-ce dans un Gouvernement tel que celui-ci, où cette opinion sera propagée par la liberté de la presse, et soutenue par les puissans organes qui la proclameront ?

Ensuite, pourquoi la loi n'autoriserait-elle pas les parties lésées, et même le ministère public, à porter plainte devant les tribunaux, des vexations qu'auraient pu commettre des Ministres ? Les lois qui nous régissent encore embarrassent de formalités ces accusations. Il serait possible de les délivrer de ces entraves, par la loi qui sera portée sur la responsabilité des Ministres. Ce moyen répressif aurait, outre sa force particulière, l'avantage d'augmenter la force de l'opinion publique. Il serait impossible qu'un Ministre restât en place, quand les abus qu'il aurait commis seraient juridiquement manifestés ; et, obtînt-il grâce devant le tribunal, si son délit est généralement regardé comme constant, le cri public le repousserait de son emploi.

Enfin, si l'on veut prétendre que ce moyen

n'aurait pas toute l'énergie nécessaire contre le crédit des Ministres, je répondrai que la crainte de l'accusation particulière préviendra certainement beaucoup d'abus, et que les poursuites juridiques en réprimeront au moins quelques-uns, et que, car il faut toujours en revenir à cette comparaison, le remède qui adoucira beaucoup le mal est préférable à celui qui causerait des maux infiniment plus grands.

M. de Lalli fait un autre raisonnement : « En « thèse générale, le dogme sacré que *le Roi ne « peut mal faire*, repose nécessairement sur cet « autre dogme, que les Ministres sont responsa- « bles de tout le mal qui se ferait. » (Page 12.)

M. de Lalli érige ici en dogme sacré son opinion, pour se dispenser de la prouver. Mais il doit nous être permis de ne pas regarder ce dogme comme un mystère, et de le discuter dans les principes de la raison.

S'il se contentait de dire que le Roi ne peut pas vouloir faire le mal, il n'y aurait dans son assertion rien que de raisonnable. Elevé, comme il l'est, au-dessus de tous les intérêts particuliers, le Roi n'a d'intérêt personnel que celui du bien ; mais en voulant toujours le bien, il peut se tromper, il peut être trompé sur ce qui est le bien. M. de Lalli ne le croit pas. Il dit de la personne du Roi, « qu'elle est non-seulement auguste, mais « sacrée ; non-seulement inviolable, mais infail- « lible. » (Page 15.)

Le Roi infaillible ! Si c'était sérieusement et comme une vérité qu'on avançât cette assertion, elle serait la plus vile des adulations ; si c'est une fiction de droit qu'on veut établir, c'est une grande et dangereuse absurdité. L'infaillibilité n'appartient qu'à Dieu et à ceux à qui il la communique par ses inspirations. Dans tous les siècles de la monarchie, dans les temps où l'autorité royale était le plus profondément respectée, le plus absolument obéie, lorsque le principe était, *si veut le Roi, si veut la loi*, lorsque nos Rois dictaient les lois de leur pleine puissance, toute science et autorité royale, ils se croyaient tellement sujets à l'erreur, qu'ils ordonnaient aux Parlemens de leur adresser des remontrances sur ce que ces lois contenaient de défectueux. Et combien n'a-t-on pas vu de lois modifiées, corrigées, quelquefois même retirées d'après les représentations des Cours ! Et Louis XVIII lui-même, en associant deux Chambres à son pouvoir législatif, n'a-t-il pas reconnu qu'il est homme, et par conséquent sujet à se tromper? Plus, par ses continuelles études depuis les jours de son enfance, il a agrandi le cercle de ses connaissances ; plus par ses profondes méditations et sa longue expérience, il a étendu ses lumières ; mieux il en sent et en connaît la borne. Non, je ne crains point d'être démenti par le vertueux Monarque qui nous gouverne, quand j'avance que la véritable, la solide grandeur d'un Souverain, loin de résider dans le vain orgueil qui se croit inaccessible à l'erreur, consiste à sentir qu'il est susceptible de se tromper ; à appeler la vérité, à accueillir les remontrances, lors même, et surtout lorsqu'elles sont contraires à ses opinions et à ses volontés. Il se montrait bien grand, notre Henri IV, quand il disait à l'Assemblée de ses Notables, « qu'il venait se mettre en

« tutelle entre leurs mains ! Envie qui ne prend « guère aux Rois, aux barbes grises, et aux vic- « torieux. »

Et quel est le motif qui fait attribuer au Roi cette fausse infaillibilité ? C'est, dit-on, par respect pour la majesté royale ; c'est pour que le Roi, étant regardé comme incapable d'erreur, et ses Ministres comme en étant toujours susceptibles, on ait droit d'examiner, de critiquer, de blâmer, d'accuser, de juger, de condamner tous les actes de son gouvernement. Ainsi, on s'arme d'un respect hypocrite envers la majesté du Roi, pour tuer l'autorité du Roi : on le fait disparaître de son gouvernement ; on le cache derrière ses Ministres, pour attaquer les actes d'administration qu'il fait exercer, ou plutôt qu'il exerce lui-même par ses Ministres ! Le nom du Roi était-il donc compromis ? Sa majesté était-elle ternie par les discussions qui avaient lieu dans ses Cours sur les lois qu'il leur adressait ? La majesté royale est à une trop haute élévation pour être atteinte par ces futiles considérations. Elle n'a rien à craindre des contradictions qu'elle permet d'élever sur ce qu'elle propose. Je le soutiens au contraire, c'est ce funeste système d'usurpation qui, en détruisant son autorité, dégrade sa majesté. Le Monarque que nous avons été instruits, que nous sommes accoutumés à révérer comme l'image de la Divinité, et qu'un Père de l'Eglise ne craignait pas d'appeler *numen secundæ majestatis*, ne serait-il plus sur son trône que ce qu'étaient sur leurs autels ces vaines et magnifiques idoles, entourées de respects et d'adorations, mais qui avaient des yeux sans voir, des oreilles sans entendre, des mains sans toucher ?

Ce n'est pas là l'idée de M. de Lalli ; il prétend, au contraire, relever très-haut la dignité du Roi : « Celui-là (dit-il) est Roi, qui seul pro-« pose, sanctionne, promulgue et exécute la « loi, etc. etc. etc. » ; et il fait un magnifique étalage de toutes les prérogatives du Roi. Tout ce qu'il dit à cet égard est véritable en soi, mais ne l'est pas dans son système. Un seul mot répond à toutes ses phrases éloquentes : celui-là n'est Roi que de nom, et ne l'est pas réellement, qui ne peut exercer aucun acte d'autorité qui ne soit inspecté, contrôlé, jugé par une autre autorité, par une autorité qui est supérieure à la sienne ; car certainement celui qui inspecte, contrôle et juge est au-dessus, au moins en ce point, de celui qui est inspecté, contrôlé et jugé. Je le demande donc : que reste-t-il dans ce système au Roi de sa puissance royale ? Le pouvoir législatif ? Il ne peut l'exercer que collectivement, et conjointement avec les Chambres. Le pouvoir judiciaire ? Il s'en est dessaisi, et l'a confié à des tribunaux. Enfin, le pouvoir administratif ? On le soumet à ne pouvoir en faire usage qu'avec dépendance et sous l'autorité des Chambres.

Je le disais, dans un précédent écrit : ce système détruit la monarchie, et la remplace par une république que régissent trois corps, dont l'un est subordonné aux deux autres ; un ministère, et deux Chambres. En effet, ce qui constitue la monarchie n'est pas le titre de Roi donné à celui qui est au sommet de l'Etat, c'est l'autorité du chef de l'Etat. Cette autorité peut être plus ou moins absolue; elle peut être sur certains points limitée par des lois, tempérée par des usages. Mais, sans une autorité du souverain réelle et non assujettie à d'autres autorités, il n'y a pas de monarchie. Croit-on que, si au lieu d'avoir le titre de doge ou d'avoyer, les premiers magistrats de Venise et de Berne avaient eu celui de roi, Venise et Berne auraient été des monarchies? Sparte en était-elle une, parce qu'elle avait des rois? La Pologne, avant sa dissolution, n'était-elle pas une république? Je ne crains pas de le dire: la constitution anglaise, qu'on nous cite continuellement, et qu'on veut subsistuer à la nôtre, est dans son état actuel, et par le fait, plus républicaine que monarchique.

Je ne crois pas devoir passer sous silence un autre principe très-extraordinaire posé par M. de Lalli: « Plus on réfléchit, dit-il, et plus on reste « convaincu qu'il n'y a pas une disposition légale « qui doive être énoncée avec plus de généralité « que celle de la responsabilité des Ministres; « pas une où il soit plus impossible, plus inutile, « et plus dangereux de vouloir tout prévoir. » (Page 42.)

Il ne peut être question en ceci que de l'administration. Car la législation et l'impôt sont des choses précises sur lesquelles il n'y a pas de vague. C'est l'administration sur laquelle on prétend soumettre les Ministres à une responsabilité générale, indéterminée, sans lois claires qui distinguent ce qui est permis, et ce qui est défendu; en sorte que les Ministres soient dans l'incertitude sur ce qu'ils ont droit de faire ; les Chambres dans la possibilité de condamner les Ministres sur tout ce qui leur plaît ! Je ne crois pas qu'il soit possible d'imaginer une législation, tout à la fois plus absurde, et plus inique. Absurde, parce que les lois sont faites précisément pour empêcher l'arbitraire; et que leur première condition est de spécifier d'une manière tellement positive ce qu'elles ordonnent, ou ce qu'elles reprouvent, que ceux qui sont chargés de leur exécution ne puissent pas s'y méprendre. Ce qui est de la plus imposante nécessité, surtout dans les lois criminelles. Cette législation est inique, parce qu'elle livre les Ministres à tous les soupçons, à toutes les imputations, à toutes les interprétations de leurs actions et de leurs sentimens, à toutes les calomnies des factieux et des ambitieux qui se trouvent dans les Chambres. Les Ministres ne sont-ils donc plus des citoyens? et ceux qui veulent qu'on les juge ainsi, consentiraient-ils à être traités de même ?

Je dirai plus : si les inculpations indéterminées sont répréhensibles envers tous les citoyens, c'est surtout envers les Ministres qu'elles sont dangereuses, parce qu'ils ont plus besoin que d'autres, ou plutôt parce que l'Etat a un besoin essentiel de leur réputation intacte, de leur liberté entière, de leur activité sans obstacle, pour l'exercice de fonctions à la fois délicates, nécessaires et souvent urgentes.

Au reste, ce système de législation vague est la conséquence du système général, qui soumet aux Chambres toute l'administration ; et qui, pour avoir l'air de se conformer à la Charte, étend l'idée de trahison aux violations des lois sur les droits constitutionnels des citoyens. Comme effectivement il est dans ce genre impossible et dangereux de tout prévoir, on propose de tout condamner, sans rien prévoir; comme s'il n'existait pas d'autre remède à la violation des droits civiques, que la violation des principes essentiels de l'équité! Je prendrai la liberté au contraire de rappeler celui que j'ai proposé ci-dessus : que l'accusation, sur ces violations, soit confiée à ceux qui les ont éprouvées, et au ministère public: alors l'inculpation sera formelle et déterminée, et la loi sur laquelle elle sera jugée, précise. Le juge n'étant incertain, ni sur l'une, ni sur l'autre, son arrêt sera légal et équitable.

Un autre argument, employé pour soutenir la responsabilité universelle des Ministres, est que nous sommes sous un Gouvernement représentatif, ce qui suppose nécessairement cette responsabilité.

Je ne veux pas discuter ici si nous avons ou non un Gouvernement représentatif. Je n'examine cette question que sous le rapport qu'elle a avec celle de la responsabilité ministérielle. Mais pour cela même il est nécessaire de se former la notion du Gouvernement représentatif. Beaucoup de gens emploient ce mot sans y attacher d'idée précise. Beaucoup d'autres pensent qu'un Gouvernement dans lequel entrent des Chambres est par cela même représentatif.

Selon la signification naturelle et littérale de ce mot, le Gouvernement représentatif est celui qui est exercé par des représentans de la nation, c'est-à-dire par des hommes qui ont reçu de la nation des pouvoirs à l'effet d'agir pour elle.

Une seconde signification de ce mot relativement à nous, est que le Roi seul, jusqu'à ces derniers temps, représentant héréditaire de la nation, a, pour le bien de son peuple, associé à son pouvoir deux Chambres ; et par là les a fait participer à sa qualité de représentant national.

Je n'examine pas ici, je le répète, la vérité soit de l'un, soit de l'autre de ces systèmes, je les suppose sans les admettre ; et je parle dans le sens de ceux qui y croient. Je soutiens que même leurs hypothèses ne rendent pas les Ministres responsables aux Chambres sur l'administration.

Les pouvoirs d'un représentant peuvent être plus ou moins étendus. Il y a une représentation générale; il y en a une partielle. Si je donne à un homme le pouvoir d'agir pour moi dans une seule affaire, il n'acquerra pas le droit de se mêler de mes autres affaires. Je ne crois pas que ce principe puisse être contesté.

Or, soit qu'on veuille que les membres des Chambres reçoivent leurs pouvoirs de la nation, soit qu'on aime mieux qu'ils les tiennent du Roi, on ne peut leur attribuer qu'une représentation partielle, et seulement sur les objets que la Charte leur confie. Si les électeurs des départemens ont droit de donner des pouvoirs aux Députés, c'est de la Charte qu'ils le tirent. Ils ne peuvent donc pas donner d'autres pouvoirs que ceux qui sont conférés par la Charte. Si c'est le Roi qui donne ces pouvoirs, il ne les donne que dans la mesure qu'il a fixée par la Charte.

Il résulte de là que, si les Chambres sont représentatives, elles ne le sont que sur le pouvoir législatif; qu'elles ne le sont ni du pouvoir judiciaire, ni du pouvoir exécutif, que la Charte ne leur donne pas, et dont même elle les exclut formellement; que par conséquent, ce mot Gouvernement représentatif, en le supposant véritable, ne les autorise pas à s'ingérer dans ce qui concerne l'administration, de même dans ce qui appartient à la judicature.

Je dois, avant de finir, relever quelques expressions du discours de M. de Lalli, que je crois du plus grand danger. A la page 14, il dit: *que le Roi, par sa seule volonté et avec un seul mot, dissout, anéantit et remplace la représentation nationale.*

A la page 19, il avance: *que les Ministres sont responsables envers le Roi et envers la nation*; et à la page 22, il répète: que *la réunion d'un contrôle royal et d'un contrôle national est indispensable.*

La première de ces phrases, dans son sens naturel, restreindrait la représentation nationale à la seule Chambre des députés. Les deux autres pourraient être entendues en ce sens, que les Chambres seraient non-seulement les représentans de la nation, mais la nation même. Je ne crois pas que l'intention de M. de Lalli soit de donner à ses expressions cette signification; mais je suis fâché de les voir dans son ouvrage. Ce furent ces funestes idées qui causèrent les crimes dont se souilla, en 1789, l'assemblée des Etats-Généraux. Elles germent encore dans quelques têtes prêtes à produire les mêmes fruits; et il est à craindre que l'on s'appuie de l'autorité de M. de Lalli pour les renouveler.

M. de Lalli conclut son discours par un projet de loi conforme à ses principes. Je terminerai de même cet écrit, en proposant que la Chambre des Pairs supplie le Roi de faire rédiger, sur la responsabilité des Ministres, une loi dont les principaux objets seraient :

Que les Ministres ne sont responsables de la totalité des actes de leur administration, qu'au Roi, auquel seul, d'après l'article XIII de la Charte, appartient la puissance exécutive ;

Que cependant les Ministres qui, par des actes administratifs, auraient porté atteinte aux droits publics des Français, reconnus et consacrés par la Charte, pourront être librement et sans difficulté poursuivis devant les tribunaux, comme pour leurs actes personnels, soit par les parties lésées, soit par la partie publique; toutes les entraves mises à ces accusations par des lois précédentes, étant abolies;

Que conformément aux articles LV et LVI de la Charte, dans les cas de trahison et de concussion, les Ministres seront accusés par la Chambre des Députés, et jugés par la Chambre des Pairs;

Que conformément à l'article LVI de la Charte, cette nature de délit soit spécifiée, et la poursuite déterminée ; mais que dans la notion de trahison, ne soit pas comprise la violation des droits constitutionnels des particuliers, laquelle n'a jamais été appelée trahison, et dont la connaissance sera réservée aux tribunaux.

ADRIEN EGRON, IMPRIMEUR,
rue des Noyers, n° 37.

www.ingramcontent.com/pod-product-compliance
Ingram Content Group UK Ltd.
Pitfield, Milton Keynes, MK11 3LW, UK
UKHW020523230726
13925UKWH00005B/2219

9 782019 280598